Friends to the End

Friends to the End

영원한 친구

브래들리 트레버 그리브 지음 | 남길영 옮김

바다출판사

내가 나 자신을 더 이상 믿을 수 없었던 그때에도
나를 믿어 주었던 친구들,
따뜻한 미소로 내 얼굴에 드리운 어둠을 말끔히 씻어 주었던 친구들,
자신의 기쁨을 뒤로하고 나의 짐을 기꺼이 나눠 가졌던 친구들.

친구들의 사랑과 웃음이 내게 날개를 달아 주었고
날 수 있는 맑고 드넓은 창공을 펼쳐 주었습니다.

친구들을 향한 고마운 내 마음을
나는 다 전하지 못할 것 같습니다.

나의 영원한 친구들에게 이 책을 바칩니다.

감사의 글

최근에야 부모님과 친구처럼 지내게 되었다. 그렇다고 예전에 부모님과 소원했다는 의미는 아니다. 지난 2년간 우리는 서로에게 점점 관대해지면서 변함없는 사랑과 존중하는 마음을 갖게 되었다. 가족에게 갖는 충실한 마음뿐 아니라 이제는 서로 친구가 되기를 바라고 있다.

나는 어느 때보다 부모님과 함께하는 시간을 즐기고 있으며 친구들에 대해서도 다시 생각해 보게 되었다. 친구들은 또 다른 가족이며, 내 삶에 얼마나 중요한 존재인지를 깨달았다. 나는 친구들에게 감사할 일이 참 많다. 아마 많은 사람들도 나와 같은 마음일 것이다. 그런 이유에서 나는 작지만 우정의 진정한 가치를 담은 이 특별한 책을 즐거운 마음으로 작업했다.

지난 수년간 내가 책을 쓰는 동안 지원을 아끼지 않았던 전 세계의 30명도 넘는 이름난 출판인들은 이제 한 가족 같다. 내 작품에 생명력을 불어넣고 내가 삶을 계속 이어갈 수 있게 해 준 실로 창의적이고 훌륭한 협력자들이다. 그들에게 나는 죽는 날까지 고마운 마음을 잊지 못할 것이다. 그들 모두에게 심심한 감사를 표한다.

또 영원까지 함께할 친구를 떠올려 본다면 뉴욕의 라이터스 하우스의 유명한 문학 에이전트이자 공인된 나의 영웅, 앨버트 주커만만한 사람은 아마 없을 것 같다. 내가 무명작가로 어설프기 짝이 없던 시절, 앨버트는 축 처진 내 어깨를 잡아 주었고, 대단찮은 나의 재능을 마치 고무 인형처럼 부풀어 오르게 하여 세계를 무대로 날개를 활짝 펼치도록 이끌어 주었다. 그가 없었다면 오늘의 나는 결코 없었음을 고백한다.

내 생각에 앨버트와 나를 하나로 묶어 주었던 연결고리는 군복무를 했다는 공통점이었을 것이다. 물론 시인 병사로서 우수한 자질을 보인 사람은 앨버트였다. 그는 2차 세계대전 중 노르망디 해변을 주름잡았던, 용감한 해병대에 입대했지만 몇 개월 후 그들의 습격은 실패로 돌아갔고, 그는 부상을 입은 채 대대로부터 고립되었다. 적지 한가운데 남겨진 그는 정신을 가다듬고 뭔가 먹을 것을 찾기 위해 너저분한 광을 뒤지다가 금색 페키니즈 개 한 마리가 분말 우유 깡통 속에서 떨고 있는 것을 발견했다. 그 개의 목줄에는 '작은 애벌레'라고 수놓아져 있었다.

그 개는 놀랍도록 소리에 민감했다. 앨버트보다 앞서서 폭탄 소리를 감지하고는 침대 아래서 몸을 잔뜩 웅크리면서 앨버트에게 후속 사격을 미리 알려 주었다. 앨버트는 곧 작은 애벌레라는 개가 마음에 들었고, 사지의 전쟁터에서 맺은 우정으로 희망과 꿈을 지킬 수 있었다.

작은 애벌레와 앨버트는 영국군에 의해 구조된 후에도 야전 병원에서 수 주일을 함께 지냈다. 그때 앨버트는 작은 애벌레가 음악에도 민감하게 반응 하며 특히 에디트 피아프의 노래를 좋아한다는 것을 알았다. 작은 애벌레는 리듬을 타고 울부짖으며 둘은 피아프의 아름다운 애가를 함께 불렀다. 얼마 안 가 그들은 전곡의 안무를 만들었다. 앨버트는 정신도 신체도 눈에 띄게 활기를 찾았고, 작은 애벌레도 점점 포동포동 살이 오르고 초롱초롱해졌다.

전쟁이 끝나고 앨버트는 작은 애벌레를 데리고 미국으로 돌아왔고, 뉴욕 카네기홀에서 공연을 했다. 으레 첫 공연에 대한 논평은 혹독했지만 그후 그들은 모든 비평가들을 압도시켰고, 5개 자치구에서 찬사를 받았다. 매진 행진을 이어간 지 한 시즌 만에 앨버트는 라이터스 하우스를 세우고도 남을 충분한 돈을 벌었다.

만약 그 돈으로 작은 애벌레의 생명을 단 한 시간이라도 연장할 수 있었 다면, 앨버트는 받았던 모든 돈을 내놓았을 것이다. 안타깝게도 16년을 살 았던 작은 애벌레는 잠을 자는 도중 세상을 떠났다. 앨버트가 내게 그 이야 기를 들려주던 날, 그는 셔츠의 단추를 풀러 자신의 가슴 위에 새겨진 희미 해진 작은 개의 문신을 보여 주었다. 그는 나의 두 눈을 똑바로 쳐다보며 말

했다.

"브래들리, 자넨 이제 살면서 많은 사람들을 알게 되고, 또 그들의 친구가 될걸세. 어떤 이들은 용감하고 또 어떤 이들은 재미있는 사람들이겠지. 개중에는 좀 키가 작은 사람들도 있고, 또 좀 큰 사람들도 있겠지. 자네처럼 젊은 사람들도 있고 나처럼 나이 많은 사람들도 있겠지. 누군가는 자네에게 빵과 포도주를 대접할 것이고, 또 누군가는 굳이 싫다는데도 마지팬 비스킷을 권할 테지. 그러나 그들을 판단하려 들지는 말게. 중요한 것은 말이지, 자네가 그 친구들에게 언제나 진실해야 한다는 사실이야. 자네와 함께해 준 시간들에 대해 고마움을 표할 기회가 오면 절대 놓치지 말게. 자네가 진실하고 친절하게 대하고 감사함을 잃지 않는다면, 자네는 분명 영원까지 함께할 친구를 얻게 될걸세."

앨버트, 저는 대체 무슨 복에 당신 같이 훌륭한 사람을 친구로 둘 수 있었을까요?

Friends to the End

영원한 친구

우리 둘 사이의 우정을 그려 낼 적당한 말을 찾기가 쉽지 않아.

It's not easy finding the words to talk about a friendship like ours,

그토록 돈독히 지낸 우리 사이를 표현할
그럴듯한 말을 찾지 못하다니, 참 이상하지.
which is strange, considering how close we have become.

서로의 어깨에 기대어 눈물짓던 때도 많았고,

There have been so many times when we both needed a shoulder to cry on

코를 맞대고 한숨짓던 때도 있었는데…….

or a snout to sigh on... and so forth.

대체 진정한 친구의 가치를
어떤 말로 표현할 수 있을까?

It makes me wonder, how can we possibly express
what friends are really worth?

너와 나를 이렇듯 특별하게 만드는 우정이란

과연 무엇일까?

What makes friendship, especially a friendship like ours,

so special?

솔직히 일반적인 믿음과 달리
친구가 없어도 우리는 살아갈 수는 있어.

Contrary to popular belief, it is actually possible to survive without friends.

사실 혼자 있다 보면 좋은 점들도 있고.

Indeed, there are a few genuine advantages to being alone,

때론 다른 사람을 끌어들일 수 없는 그런 일들도 있기는 해.

and there are also some activities that, frankly, shouldn't involve anybody else.

자신의 삶을 관조하며 홀로 조용히 보내는 시간이
정신 건강에 꼭 필요하다는 연구 결과도 있어.

It's a scientific fact that time spent in quiet isolation
thinking about our lives is vital to a healthy state of mind,

너무 과하지만 않다면 도움이 된다고 말이야.

as long as we don't do too much of it.

그래도 결국 가장 중요한 것은
우리는 사회적 동물이라는 사실이야.

At the end of the day, we are social creatures

다른 이들과 더불어 살며 서로 화합하는 일이
우리에게 큰 성취감을 준다는 것을 깨닫게 되지.

who find that being with other people
and bringing people together are very fulfilling experiences.

정작 우정에 관해 알고 있으면서도 인정하지 않는 사실은,
다른 사람을 이해하는 것이 결국 나 자신을 이해하는 길이라는 거야.

There is a curious fact about friendship that we have always known but rarely acknowledge:
By understanding others, we also come closer to understanding ourselves.

친구를 통해 내가 추구하고 소중히 여기는 것이 바로
자랑스러워하는 내 모습이거나 드러내고 싶은 가치일 거야.

What we look for and value in our friends are the very same qualities
we are most proud of or wish were more evident in ourselves.

그러니 친구를 보면 내가 어떠한 사람인지 가늠이 되고,

So in no small way, our friends tell us a lot about who we are

또 어떤 사람이 아닌지도 알 수 있지.

and who we aren't

우리에게는 오가다 마주치면 그저 가벼운 미소를 지으며
하이파이브를 하는 친구부터

We all have many different types of friends from the person
we simply smile at and high-five over the water cooler

어릴 적 함께 뛰놀던 친구까지 다양한 친구들이 있어.

to our childhood pals.

이따금 어울려 시간을 보내는 우리들만의 패거리도 있고.
There is "the gang" we hang out with from time to time

시원한 맥주 한 잔을 하거나 '섹스 앤 더 시티'를 보거나, 혹은 둘 다를 하면서
한 주간의 업무를 분석하고 여유를 즐길 수 있는 동료도 있어.

and the buddies with whom we deconstruct the workweek over a relaxing aperitif
or an episode of Sex and the City or both.

개중에는 참 운 좋게도 우리와 유독 살갑게 지내는 친구도 있어.

There are also the lucky individuals with whom we are especially close,

때론 가상의 친구가 있기도 하지.
(그러나 이제 어른이 되었으니, 음… 그에 걸맞게 살아야겠지.)
and there are even imaginary friends.
(But now we are starting to enter Jerry Springer territory... so we'll just move right along.)

진정한 우정은 비전을 공유해야 가능해.
그런 특별한 우정이 우리의 삶을 더욱 풍요롭게 하거든.

Genuine friendships are founded on a shared vision—the view that our lives are somehow better
because paticular people are part of them.

다른 점이 수없이 많아도 진정한 친구는 모든 중요한 일에서는 뜻이 잘 통해.
공통된 가치, 열정, 관심사 그리고 서로를 존중하는 마음은
우리 삶의 모든 경험을 더욱 굳건히 다져 줘.

Despite numerous differences, real friends see eye to eye on all the issues that matter.
Our common values, passions, concerns, and mutual respect enhance our life experiences as a whole.

친구는 진심으로 서로에게 마음을 써 주고 배려해.

Friends genuinely care about each other.

내 등 뒤를 지키고 나의 권리를 보호해 주는
소중한 친구들을 나는 언제라도 믿어.

We can always count on our pals to watch our back and look out for our best interests.

서로의 삶이 성장하도록 도와주는 가운데
친구 사이의 신뢰는 더욱 두터워져.

This faith in our friends grows as each of us helps the other move forward in life.

우리가 믿고 비밀을 나눠 가지는 그 마음이 바로 신뢰이며,

It's the same trust we count on when we share secrets,

넥타이가 반듯한지 봐 달라는 그 마음에도 신뢰가 담겨 있어.

ask if our tie is on straight,

머리칼을 골라 달라며 불쑥 내맡기는 것도 신뢰하는 마음이야.

or need our hair teased just so.

친구는 어떤 어려움이 있어도 내가 용기를 잃지 않도록 도와줘.
A friend is there to help keep our chin up, no matter what it takes.

따뜻한 포옹이 필요한 순간을 잘 알고 있고,

A friend knows when we need a hug

또 등을 다독이며 마음을 풀어 줘야 하는 때가 언제인지도 알고 있어.

or a tension-relieving back rub.

진지한 조언이나 사려 깊고 진심 어린 충고를 해야 하는 때가
언제인지도 잘 알고 있어.

Friends know when to offer serious counsel and thoughtful, heartfelt advice,

'왜 그렇게 우울해 보여? 기운 내!'라는 말을
건네야 하는 때를 친구는 알고 있지.

and they know when to say, "Hey, why the long face? Snap out of it!"

무엇보다 말없이 그저 묵묵히
내 옆을 지켜 줘야 하는 때가 언제인지도 잘 알아.

Most important, friends know when to just sit quietly beside us and say nothing at all.

친구라서 가장 좋은 점은 어쨌건
함께 있으면 재미나고 더없이 즐겁다는 거야.

Obviously, the best thing about our friends is that we have fun together. Lots of fun.

우리는 모험 가득한 여행을 떠나고,

We go on adventures,

본 조비 콘서트에서 목청 높여 노래를 따라 부르고,

scream out the lyrics at Bon Jovi concerts,

가끔은 엽기적이긴 해도 우리끼리는 즐거운 상황 속에 빠지기도 해.
아마 다른 사람들에게는 그다지 와 닿지 않겠지만 말이야.

and basically get ourselves into bizarre but enjoyable situations
that probably don't make a lot of sense to anybody else.

물론 모든 중요한 관계는 그만한 대가가 따르기 마련이야.
어떤 친구들은 지나치게 의지를 해서 더러 부담스럽기도 하고.

Of course, every relationship of note comes with a price.
Some friends need so much support they become a burden.

아무리 친구끼리 마음이 통한다 해도 언제나 일치할 수는 없어.

Even soul mates can't agree on absolutely everything all the time.
This is just something we have to accept.

사실, 서로 속사정 뻔히 알면서도
이 친구가 부러 이러나 싶게 약이 오르는 때도 있어.

In fact, there are occasions when our friends,
knowing us as well as they do, seem as if they are deliberately trying to drive us crazy.

나만의 고유한 패션을 무작정 좋다며 따라 하는 친구도 있고,

Some friends develop an unhealthy admiration for our personal fashion sense

혹은 왜 저럴까 싶지만 간단히 고칠 수 없는
이상한 버릇을 갖고 있는 친구도 있어.

or just have gross habits they simply cannot kick.

알 만한 친구가 부득불 소개팅을 시켜 준다며
가당치 않은 사람들을 주구장창 데리고 나와 속을 뒤집어 놓기도 하고,

Even our closest friends can unhinge us by insisting on setting us up with blind dates
who are as alarmingly inappropriate as they are enthusiastic

때아닌데 나서서 별소리를 다 떠벌리는 친구도 있어.

or by opening their big mouths at inopportune moments,

내가 중요한 데이트 땐 행운의 표범 무늬 속옷을 입고 나가는 걸
순식간에 온 사람들이 죄다 알아 버리게 말이야.

and suddenly everyone at the office knows
you always wear "lucky" leopard-print underwear on a third date.

그러면 우린 알아서 적당한 곳을 찾아가
목청이 찢어져라 아웅거리다 얼마의 시간이 지나면

Nevertheless, after a suitable period of time in self-imposed exile
where we can scream until our tonsils shatter,

결국은 못 이기는 척 용서를 하고

we eventually shrug our shoulders, forgive them, and move on.

언제 그랬냐는 듯 다시 어울려.
왜냐면 친구란 다 그러면서 지내는 법이니까.

Because that's just what friends do.

가장 마음이 아픈 때는 친구를 멀리 떠나보낼 때야.
다른 도시나 나라로 떠나보내는 아쉬움은 비할 바 없는 슬픔이야.

By far the worst thing about friends is having them leave.
Whether they move to another city or to another country, this is the saddest of good-byes.

더군다나 그것이 친구와의 생의 마지막 만남이었다면,
그 미어지는 마음이란…….

especially if we know we have seen them for the very last time.

친구를 잃는다는 상상만으로도 가슴이 아리지만,
때론 친구의 소중함을 다시금 깨닫게 되기도 해.

Thinking about losing friends, though it makes us feel incredibly sad, is actually very healthy
if it reminds us how special our friends are and that they cannot be replaced.

온 세상을 다 뒤지고 다닌다고 그런 친구를 다시 만날 수 있을까.
아마 그러려면 두 다리가 배겨 내질 못하겠지.

You could search the whole world looking for a friendship like ours,
and you would only wear out a good pair of feet.

제아무리 천재라도 좋은 친구를
실험실에서 제조하듯 만들어 낼 수는 없어.

Great friends cannot be manufactured in a laboratory by an evil genius.

친구는 피자처럼 전화 한 통에
우리 앞에 와 닿는 그런 존재가 아니야.

We cannot order a friend delivered to our door like a pizza

클릭 한 번으로 인터넷에서 내려받을 수 있는 존재도 아니고.

or download one from the internet.

그러나 둘러보면 좋은 친구가 될 만한 이들은 어디든 있어.
사무실의 동료가 멋진 친구가 될 수도 있지.

However, there are potentially wonderful friends all over the place
just waiting to be met. We could find them at the office;

공원을 거닐다 마주친 우연한 만남으로도 친구가 될 수 있어.

we could stumble across them in the park;

점잖은 모임에서 만나 친구가 될 수도 있고.
그건 아무도 모를 일이야.

we could meet them at a quiet soiree. Who knows?

사람을 첫눈에 봐서 잘 맞을지 판단하기는 쉽지 않아.
처음부터 내 취향에 딱 맞는 친구는 본래 없기 마련이거든.

It is usually not possible to tell at first sight whether we will get along with someone or not.
There are no "ready-made perfect friends" per se.

그저 속내를 다 터놓고 지낼 수 있는 친구가 있는가 하면,

There are simply people to whom we can really pour out our hearts

또 터놓기 어려운 친구도 있는,
그런 차이일 뿐이야.

and those we can't.

언제나 나를 격려하고 활기를 북돋우는
친구들이 있는가 하면,

There are individuals who invigorate and inspire us

따분해 죽을 지경으로 지루하게 만드는 친구도 있어.

and those who bore us to death.

같이 있으면 정말 위안이 되는
넉넉한 친구들이 있는가 하면,

There are folks who really make us feel comfortable

좌절감을 안기고 짜증을 유발시켜
머리끝까지 화나게 만드는 친구도 있어.

and others who frustrate, aggravate, and infuriate us to the point of madness.

하지만 참된 우정이란 둘이서 같이 쌓아 가는 거야.
여러 모로 우정은 함께하는 여정이야.

A real friendship is something we both have to build in many ways it's a journey we take together.

좋은 관계를 맺는 열쇠는
누구에게나 감동을 주려 애쓰는 것이 아니야.

The key to starting on the right foot is not to try and impress anybody.

언제까지고 계속 그럴 수 있는 친구는 아무도 없어.
남들이야 뭐라든 처음부터 그냥 자연스럽게 하는 편이 나아.

No one can keep up the act forever, so you may as well
just be yourself from day one—they can like it or lump it.

시간을 갖고 서로를 알아봐.
서두를 필요는 없어.
Take your time getting to know each other. What's the hurry?

우리가 이상적으로 바라는 친구는
나이 들수록 더욱 친밀해지는 관계야.

Ideally, we want friends with whom we'll grow closer and closer as we get older,

그러니 친구의 실체를 파악하는 데는
그저 약간의 시간과 노력을 들이는 게 맞는 거야.

so it makes sense to invest a little time and energy finding out who they really are.

몇 마디 대화가 오가고 나면 느낌은 있지만,
그야말로 공통점은 없다는 생각이 들 수도 있어.

그동안 몰랐던 친구의 안 좋은 성격을
새록새록 알게 될 수도 있고,

You may also unearth an ugly side of their personalities that you weren't aware of.

알고 보니 원래 그렇게
겉시늉만 하는 친구일 수도 있고,

They may turn out to be chronic air-kissers,

별것도 아닌 일에 못 말리게
호들갑 떠는 친구일 수도 있고,
unbearable drama queens,

혹은 자기 뜻대로 안되면 마구 쏘아붙이는
까칠한 친구일 수도 있어.

or bullies who bite your head off whenever things don't go their way.

점점 친구에 대한 신뢰는 무너져 내리고,

They may become unreliable, forgetting to call

딴 약속 모두 취소했는데,
전화 한통 없이 마냥 기다리게 만들기도 해.

and then leaving you hanging after you have canceled all your other plans,

그런 일로 나의 자존감은
그 끝을 알 수 없는 나락으로 곤두박질치고 말지.

which causes your self-esteem to plummet to unfathomable new depths.

그러면 또 내가 너무 좋아 죽겠다는 듯
애정이 철철 넘치게 굴기도 해.

Then again, they may like you too much,
smothering you with excessive affection

그러다가도 내가 다른 친구랑
더 친하게 지내는 꼴은 두고 보질 못해.

and finding it impossible to accept
that you have other important people in your life.

어느덧 모든 일이 예전만큼 재미있지가 않고 시큰둥해지지.

Suddenly, things don't seem to be quite as much fun as they once were.

만약 친구와 안 좋게 끝난다면 그건 네가 중요한 원칙들을 지키지 못한 탓이야.
먼저 자신에게 진실하지 못하면 친구에게도 도움이 되기는 어렵거든.

Not all friendships turn out to be really rewarding, but if you end up in a stinker,

it's because you've compromised what is really important to you.

You cannot be there for anyone else if you are not first true to yourself.

우리 모두는 진심으로 마음이 통하는 친구를 바라며,
또 그런 친구를 얻을 자격이 충분해.

We all want and deserve a friend with whom we truly connect in a meaningful way.

우리가 바라는 친구는
나의 두려움과 한계를 있는 그대로 인정해 주고,

Someone who acknowledges our fears and limitations without judgment

미처 몰랐던 내 능력을
한층 더 발휘하도록 격려해 주는 사람이야.

and encourages us to reach further than we ever thought possible.

친구는 가장 소중한 것을 나누며,

A friend with whom we share things that are most precious to us—

배꼽 빠지게 재미난 일도

the belly laughs

눈물 나게 슬픈 일도 함께하는 사이야.

and the sorrows.

친구는 내 안에 숨겨진 가치를 알아봐 주고,

A friend who will see our hidden qualities

조건 없이 그냥 있는 그대로의 나를 좋아해 주고,

and like us for exactly who we are without reservation,

그래서 내가 놀라운 잠재력을 발휘하도록 도와주는 사람이야.

thus helping us fulfill our extraordinary potential.

진정한 친구는 맞은편에서 손 흔드는 모습만 봐도
절로 입가에 미소가 번지게 해.

True friends make us smile as soon as we see them waving to us across a room.

친구는 애쓰지 않고도 내 마음을 빛으로 물들이고,

They lighten our hearts without even trying,

그래서 함께한 시간들은
아주 특별한 선물로 다가오지.

so that time spent together feels like a little slice of Christmas.

진정한 친구와는 굳이 말하지 않아도 그 마음이 느껴져.

With a real friend, we know exactly what they are thinking without having to say a word.

이 마음은 우리끼리만 통하는 것이어서,
세상에는 오직 우리 둘만 존재하는 것 같은 때도 있어.

This connection is completely unique.
At times it's as if we are the only two people on this earth.

우정이란 특별한 종류의 협력 관계이며,

Friendship is a special type of partnership

즐거운 마음으로 함께하면 불가능도 가능해진다는,
그런 심오한 이해를 바탕으로 해.

based on the profound understanding that together the impossible becomes deliciously possible.

우정은 우리를 결속시키는 무언의 약속으로
서로 충실한 삶을 살도록 돕지.

It is an unspoken yet binding commitment to help each other live our lives to the fullest.

그런 친구가 있음이 얼마나 큰 행운인지 나는 알아.

I know how lucky I am to have a friend like that,

그래서 나는 이렇게 말하고 싶어.
"어떤 일이 있어도 너는 혼자 남겨지는 일은 없을 거야."
and I just want to say that no matter what happens, you will never be alone

왜냐면 너는 언제나 내 친구로 남을 테니까.

because you will always be my friend.

언제까지라도.

Always.

옮긴이의 글

아리스토텔레스는 친구를 두 개의 몸에 깃든 하나의 영혼이라고 했다. 아마도 그만큼 마음이 잘 통하는 것이 친구의 중요한 요소이기 때문일 것이다. 학창 시절엔 마음이 잘 맞는 친구들이 늘 두엇 이상 있어서 우정을 나누었다. 나이가 들면서는 왠지 그렇게 마음까지 찌릿찌릿 통하는 친구를 사귀는 것이 쉽지 않다. 생각이 비슷하고 말이 통하는 친구들을 만나지 못한 건 아니지만 다른 사람의 마음에 가닿는다는 것이, 특히 영혼 깊숙한 곳까지 이르는 길이 얼마나 어려운지 깨닫고 나니 오랜 시간 정을 나눈 친구들이 새삼 소중하다.

세상에서 가장 가깝고 소중한 사람들이야 물론 가족이지만 친구들도 오랜 시간 알고 지내다 보니 가족만큼 각별하고 애틋하다. 서로 다른 공간에서 살고 있지만 같은 가치를 공유하며 우정이라는 끈으로 함께 묶여 있는 느낌이다. 그렇다고 친구와 늘 살가웠던 건 아니다. 치기 어린 그 시절에는 시샘도 많았고, 이유 없이 뾰로통하게 굴었다. 괜히 척을 하기도 하고 친구도 아파할 줄을 알면서도 후벼 파기도 하고 외면하기도 했다. 또 속속들이 안다고 생각했던 친구의 낯선 모습에 마음의 빗장을 닫아걸기도 했다. 친구가 던진 말 한마디에 마음을 베여 속을 끓이며 뒤척이던 밤도 있었다. 그러면서도 하루가 멀다 않고 만났고 또 그것도 부족해서 아침저녁으로 전화를 걸어 수다를 떨면서 언제까지나 그렇게 함께 같은 색깔일 줄만 알았다. 때가 되니 친구들은 민들레 홀씨처럼 홀홀히 흩어져서 이제는 각자 가정을 꾸리고 서로 다른 생활 무대에서 각기 다른 색깔의 삶을 살고 있다.

　이제와 보면 우리들이 함께했던 시간은 복잡한 좌표 위에 한 점이었으며, 어쩌면 우리들 각자는 처음부터 출발도 나아갈 방향도 서로 다른 직선과 곡선이었다는 생각이 든다. 기나긴 인생의 한 점에서 우리는 그렇게 모였고, 또 젊음을 누리고 우정을 나누고 꿈을 키웠었나 보다. 한때의 기억을 평생 가슴에 담고 살면서 만남과 그리움을 나눈다. 생각만 해도 미덥고 든든하다.

　흉허물 없이 믿을 만한 참된 친구가 한둘만 있어도 행복하다 하는데 나는 이 책을 번역하면서 떠오르는 얼굴이 대여섯은 되니 다행이다. 언제나 참되지 않아도 서로를 생각하는 넉넉한 마음이면 족하고 또 거짓만 아니면 그만이다. 설령 거짓일 때가 있다 해도 분명 그만한 이유가 있을 테니 애써 다잡고 있을 그 마음 밭을 헤집고 싶지는 않다. 이제는 그저 어깨가 처져 보이면 감싸 주고, 찬 손은 녹여 주고, 얼굴에 서린 그늘은 걷어 주고, 침묵하며 들어주면서 그 깊은 속을 헤아려 소리 없는 응원을 보낼 뿐이다. 친구들을 향한 내 이런 마음은 오랜 사귐에서 우리의 우정이 곰삭은 탓이겠지만, 돌아보면 그만큼 친구들에게 받은 것이 많았다. 그들이 늘 나의 본이 되어 주었고, 그들의 마음씀이 언제나 나보다 한 뼘쯤은 더 깊었던 덕분이다.

　나의 영원한 친구들이여, 부족함이 많은 나를 받아 주고 덮어 주고 참아 주고 다독여 주고 곁에 있어 줘서 감사하다. 무엇보다 나의 친구가 되어 주어 참으로 고맙다. 지금까지처럼 각자의 삶을 성실하게 잘 꾸려 나가리라 믿고, 늘 필요한 만큼의 행운이 함께하길 빈다. 우리들 사이에서는 행여 물질의 폭이 범람하여 마음의 폭이 다치게 되는 일이 없기를 바란다. 분주한 생활 속에서 다음 만남은 언제가 될지 모르지만 그윽한 커피향이 감도는 자리가 될지 혹은 술잔을 기울이는 자리가 될지 벌써 기대가 된다. 아마 그곳이 어디든 우리의 마주함은 속 깊은 울림이 있는 시간이 되리라.

2014년 10월
옮긴이 남길영

Friends to the End
영원한 친구

초판 1쇄 발행 | 2014년 10월 29일

지은이   브래들리 트레버 그리브
옮긴이   남길영
책임편집   이선아
디자인   김수정 · 김한기

펴낸곳   바다출판사
발행인   김인호
주소   서울시 마포구 어울마당로 5길 17 (서교동, 5층)
전화   322-3885(편집), 322-3575(마케팅부)
팩스   322-3858
E-mail   badabooks@daum.net
홈페이지   www.badabooks.co.kr
출판등록일 1996년 5월 8일
등록번호   제 10-1288호

ISBN 978-89-5561-740-5(04840)